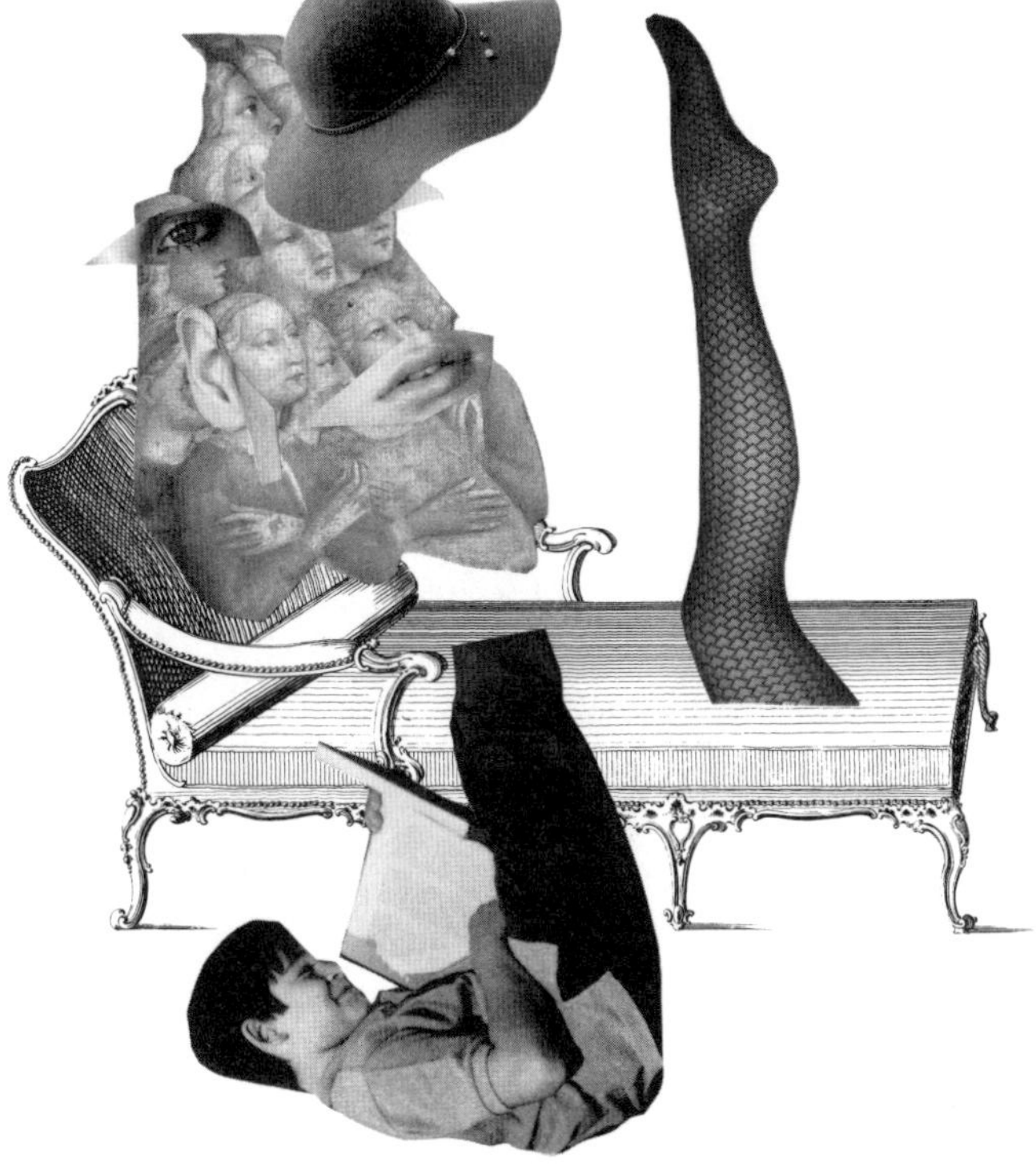

遠くの敵や硝子を

Mariko Hattori

服部真里子

現代歌人シリーズ
24

書肆侃侃房

遠くの敵や硝子を＊目次

装幀　　　　間村俊一
カバー図版　間村俊一、コラージュ《落下—服部真里子に》(2018)

遠くの敵や硝子を

愛には自己愛しかない

わたくしが復讐と呼ぶきらめきが通り雨くぐり抜けて翡翠《かわせみ》

長い昼だった　椅子をかたむけて窓から藤の花を見ている

蜜と過去、　藤の花房を満たしゆき地球とはつか引きあう気配

姿見で冷やす手のひら　かつてここを通り抜けたる巡礼ありき

肺を病む父のまひるに届けたり西瓜の水の深き眠りを

夕映えは銀と舌とを潜めつつ来るその舌のかすかなる腫れ

どうやって拾い集めても七月のアルミ貨は空をこなごなにする

夜ごとに昼ごとに痩せ七月と父は並んで眠る銃身

楽器より深く眠れる父の胸に夜は楽器を抱かせてみたい

咳と死、そのたび銀貨のように散り人間の顔を照らすつかの間

梔子をひと夏かけて腐らせる冷えた脂《あぶら》を月光という

戦火とおくあざみの花を焼く夜をあなたの胸の白いひろがり

フラミンゴは一生《ひとよ》さまざまに喩えられある時は薔薇のように眠る

夜の蜘蛛を殺すよろこびは息ふかく夏の身体を灯らせるまで

羊歯を踏めば羊歯は明るく呼び戻すみどりしたたるばかりの憎悪

海ひとつあなたの後ろに光りつつあなたはかわいそうな人だね

君を死なせて森羅万象ふるようなスノードームを買いに行きたい

海鳴り　そして死の日の近づいた君がふたたび出会う翡翠

ある輪唱

あかときの雨を見ている窓際にしずおかコーラの瓶をならべて

夕顔が輪唱のようにひらいても声を合わせるのはいやだった

風がそうするより少していねいに倒しておいた銀の自転車

七月は遠くから来る　選ばれたように目覚めてスプーンを拭く

誰を呼んでもカラスアゲハが来てしまうようなあなたの声が聴きたい

湖を遠くに待たせ生きているわたしたちときに薊を摘んで

黄金と饒舌

灯のもとにひらく昼顔おなじ歌を恍惚としてまた繰りかえす

胸をながれる昏くて熱い黄金よ秋は冒瀆にはよい季節

鳥を見る旅の途中のその人は問われて「water」とだけ答えた

手のひらで舟をかたどりエヴィアンのお釣りのつめたい硬貨をもらう

床に射す砂金のような秋の陽がたましいの舌の上に苦くて

水もしたたるような夜だよかがやけるイオンに葡萄買って帰れば
火の色の心臓をもつわたししたたち砂浜が瘦せるのを見ていた

夜の底のかたむく床に流してる花の匂いのする洗剤を

心を花のように燃やしてあなたから盗んでみたいのは万国旗

千の言語、万の言語

晩秋の日付を記し切りはなす便箋　わたしを遠ざかる帆よ

夜の葡萄よるに洗えばこの街の深みに水道管は冷えるも
千の言語、万の言語で話すのが銀杏並木のやり方だから

にんげんの言葉はある日刃のように冷え川岸に鶺鴒《せきれい》を呼ぶ

陽だまりで梨とり分けるしずかな手あなたとはぐれるなら秋がいい

愛を言う舌はかすかに反りながらいま遠火事へなだれるこころ

空間は硝子のようにふるえつつ秋いくつかの蜻蛉《とんぼ》を殺す

宇宙にヘッドフォンをかぶせて

今宵あなたの夢を抜けだす羚羊《れいよう》の群れ　その脚の美《は》しき偶数

月に息かけてふざける友達のシンハービール金色だった

あなたの声があなたの胸をひびかせるこの夜に百合はふかく裂けつつ

スプーンのなか逆さまの夕映えよ人の体が火に終わること

ああ雪を待っているだけわたしたち宇宙にヘッドフォンをかぶせて

青空の見えない梁を鳥は越ゆときおりきんと光を弾き

おやすみとメールを終えて私の心の中の火とかげ痩せる

士師記

常夜燈に火なくわたしに窓があり夜ごとちいさく息かけて拭く

雪の音につつまれる夜のローソンでスプーンのことを二回訊かれる

月光の思惟とおもうまでファスナーは縦ひとすじに延びて冷たし

濡れて重たいつばさのように垂れている半島を母の内に見ており

海面に降るとき雪は見るだろうみずからのほの暗い横顔

風の日にひらく士師記は数かぎりなき報復を煌めかせたり

権力が人を内から壊しゆく冬の黄薔薇のその壊れかた

ネフェルティティ王妃胸像に片眼なく月狩られたるのちの新月

海水と砂のあいだに約束の地を探しつつ揺らぐ歩みは

その問いをあなたは負うな　引き出したフィルムにひとつきりの鹹水湖《かんすいこ》

声だけになるまで痩せた鳥たちも晴れた南の国へ帰るよ

狼を追えば

狼を追えばあなたも冬の中この夜に声だけを残して

海に向けて吊る鐘　海の手のひらの冷たさに日ごと驚いて鳴る

見る者をみな剥製にするような真冬の星を君と見ていつ

死者の口座に今宵きらめきつつ落ちる半年分の預金利息よ

雪は人をおとずれる　人が河沿いの美術館をおとずれるのに似て

回転や落下の少ない乗り物を「やさしいやつ」とあなたは括る

磨り硝子の窓をひらいて百合くらい白く大きな新年が来る

冬があなたを過ぎてゆくまでにんにくの白きを両手に包んで待てり

塩と契約

水仙と盗聴、わたしが傾くとわたしを巡るわずかなる水

冬の空すなわち無惨あなたが向こうの方で塩買っている

神様と契約をするこのようにほのあたたかい鯛焼きを裂き

白木蓮《はくれん》に紙飛行機のたましいがゆっくり帰ってくる夕まぐれ

手のように白い梨むき逃れゆくものがみな夜逃れる不思議

避雷針しんしんと立つ小春日のあなたの指にまためぐりあう

春、君のことをひと声呼んだきり帰らない紙飛行機がある

潮干狩り

思い出が痩せてゆきますある春の日の潮干狩りだけを灯して

缶詰の桃にちいさな窪みあり人がまなざし休めるための
おりがみの象を立たせる桃の花見あげるような角度をつけて

雪柳てのひらに散るさみしさよ十の位から一借りてくる

湯の中に大根ぼやけこの頃はひと夜ひと夜に人見ごろ　春

たましいを誰かに売ってみたくなる四月地球のかすかな火照り

花をくわえて

春ひとつゆくのを待てり十本の指にとんがりコーンをはめて

雪をはらうようにかぶりを振っている君は花野へ行かないつもり

存在と存在の名はひびきあい棕櫚の葉擦れの内なる棕櫚よ

神さまのその大いなるうわのそらは泰山木の花の真上に

玉ねぎをむけば春の日暮れやすい手のひらの影も逃げてしまうよ

花をくわえてあなたの方へ駆けてゆく一角獣のうしろあし見ゆ

人と会う約束のない水曜の白き円柱ほどのふくらみ

陸と陸呼びあいながら遠ざかるあなたも鳥目わたしも鳥目

ビスケット無限に増えてゆくような桜並木の下の口づけ

やがてそれが墓であったと気づくまで菜の花畑の彼方なる雷《らい》

ある星を名づける唇《くち》の冷たさよ鈴のごと右頬に触れくる

うすべにの湯呑みふたつを重ねおく君のにせもの来そうな日暮れ

躑躅

災厄を言う唇が花のごとひらく地上のあちらこちらに

甘夏が好き（八月は金色の歯車を抱き）甘夏が好き

言葉から意味が離れていく昼を眠る躑躅の丘にたおれて

黄昏は引きずるほどに長い耳持つ生き物としてわれに来る

八月の終わりを人はそれぞれのこころに熱い孔雀を抱いて

近代の長き裾野の中にいて恍とほほえみ交わすちちはは

夜の雨　人の心を折るときは百合の花首ほど深く折る

精神をすべて躑躅にうずめたら冷たい頬のままでおいでよ

いのちあるかぎり言葉はひるがえり時おり浜昼顔にもふれる

九月、棺

火は常に遠きものにてあれが火と指させば燃え落ちゆく雲雀

鳥たちの視界のうちに息づいて私たち声をこぼしたりする

俳優の名前を思い出せぬまま梨むいている日暮れの窓辺

真新しい金のシールを人々の心に貼ってゆく秋の指

鳥葬を見るように見るあなたから声があふれて意味になるまで

黒つぐみ来ても去ってもわたくしは髪をすすいでいるだけだから

すすきの穂かき分けて光まみれの手、もう何も触れないでその手で

君を呼ぶときの心はまずしくて椋鳥さわぐ夕暮れをゆく

ひまわりの茎には銀が流れるとたったひとりに告げて夜を発つ

枢なのだから行かせてやりなさい日傘の骨のきしむ九月を

残光

花をほろぼすものを季節と呼びながら火のように髪をなびかせている

ひまわりを葬るために来た丘でひまわりは振りまわしても黄色

胸から花をはずせば君に微笑みが夜景のようによみがえりくる

ひかりよ　なべて光は敗走の途中　燕にひどく追われて

梨を食べた口を濯いでうす青く墓石のひかる風景を行く

浜木綿が風にほどけてゆくさまを晩夏すくなき言葉もて追う

絶対青度

雪に鉄匂えり蔦は死者よりもみずみずとして金網のぼる

名を呼べばよみがえりくる不凍港まどろみながら幾たびも呼ぶ

あわれ葡萄は君を殺さずさみどりの眼《まなこ》を運河へ向けて瞠《みひら》く

父の髪をかつて濯《すす》ぎき腹這いの光が河をさかのぼる昼

うつりかわる母音のように暮れてゆく海のもうしばらくは藤色

息あさく眠れる父のかたわらに死は総身に蜜あびて立つ

君を去る船団のようなものを見たある風の日の床のざらざら

死者たちの額に死の捺す蔵書印ひとたび金にかがやきて消ゆ

柘榴よりつめたく死より熱かったかの七月の父の額よ

無表情をつよく憶えている父の貌を思えばやがて薔薇窓

おびただしい黒いビーズを刺繍する死よその歌を半音上げよ

テーブルに夕陽はこぼれ芍薬の死してなおあまりある舌まがる

蠟燭の火の先端ははかなくも尖れりひとりの胸を照らして

エヴィアンの残りを捨てる髪のように黒々と輝《て》る夜中の河へ

新樹よりするどい影を曳きながら夢のあなたの風上に立つ

父を殺し声を殺してわたくしは一生《ひとよ》言葉の穂として戦ぐ

うす青き翅もつ蝶が七月の死者と分けあういちまいの水

数かぎりない旗

斎場をとおく望んで丘に立つ風のための縦笛となるまで

呼び水は何を呼ぶ水　なにひとつ呼ばない水のめぐるうつそみ

この世からつめたい水を逃がすこと父のため桃を洗った水を

青空のまばたきのたびに死ぬ蝶を荒れ野で拾いあつめる仕事

対岸に灯《あかり》　口笛を吹くときの顔は遠くを見るときの顔

清潔な線対称をなしているあなたの骨はあなたの中で

父に買う花をさがしに行く街の牙降るごとき真昼間である

人を殺せど虫を殺せどスカートに女郎花《おみなえし》の影痩せてゆくだけ

眼鏡というひとりのための湖を父の顔から持ち去る夜明け

パジャマのボタンを留めるいつかこうして天国の硬貨を拾う

言葉は数かぎりない旗だからあなたの内にはためかせておいて

花束を花にほどいてそののちの千年あかるい心で生きる

雪の朝と雪の昼とを目を閉じてすごしあなたの旗の音を聴く

海瘦せて

海瘦せてわたしに新しい夜が残された　光るスズランテープ

斧の刃の翳りのように雪の日はあるだろうこの暦の向こう

身体《しんたい》に雨ふかく降る父の日よ泰山木を見捨てて歩む

さみどりの栞の紐を挟みこみやわらかに本を黙らせている

信号にまつわる記憶またたかせ人々はまず胸から秋へ

微笑んで十一月をほめる人　椅子の背に薄日が射していて

儚くて息のつめたい生き物が星と呼ばれる一億年よ

手のひらにシナモン文鳥あるかせて暮らせり雪をうたがわぬまま

ピクルスの恩寵のようなつめたさの滴を白き布もて拭う

雪でさえ夜の海には振り返りふりかえり降るというのに　お前は

雪が降る　だけど永遠ではないね　キリンのペーパークラフト立たす

腕時計したまま水に入る夢覚めてあなたの頬にさわった

あらゆる雪は闇

水を飲むとき水に向かって開かれるキリンの脚のしずけき角度

まちがえてふりむくような夕暮れに牡丹の巨きな顔咲いている

手話で言う雪、あらゆる雪は闇、くらぐら君の方へと歩む

人々の手はうつくしく四則算くり返し街に雪ふりやまず

季節、銀紙、殺しえぬものたちを橋くぐる水の昏さに放す

伝票に数字は鳥のごと並び不死という寒い時間を生きる

夕闇に手をさし出せばこぼれくる桜は乳歯のほの明るさで

あなたが覗きこむとあなたの湯豆腐が薄いむらさき色に翳るよ

図書館の窓の並びを眼にうつし私こそ街　人に会いに行く

ルカ、異邦人のための福音

つばさの端のかすめるような口づけが冬の私を名づけて去った

縫い針はしきりに騒《さや》り雨だった頃のあなたをほのめかすのだ

死者の持つホチキス生者の持つホチキス銀《しろがね》はつか響きあう夜

海峡を越えてかすかに翳りゆく蝶のこころとすれ違いたり

北窓の明かりの中に立っているあなたにエアホッケーの才能

遠い日の火事さえ私の名を呼ぶよカモメたち刃のように飛び交い

復讐を遂げていっそう輝けるわたしの幻ののどぼとけ

犬のことでたくさん泣いたあとに見てコーヒーフロートをきれいと思う

ふいの雨のあかるさに塩粒こぼれルカ、異邦人のための福音

横なぐりの雪　ではなく雪柳くずれた後の道で会いたい

金雀枝《えにしだ》の花見てすぐに気がふれる　おめでとうっていつでも言える

だとしてもあなたの原野あしたまた勇敢な雪が降りますように

アランセーターひかり細かに編み込まれ君に真白き歳月しずむ

運命の髪短くて

奇跡　でなければ薄塩ポップコーン　二月の朝によく似合うもの

人の死後にそびえるものを冬と呼び落葉松の樹にふかく凭れつ

眠るキリンのまぼろしが君の眼の奥に見ゆ雪になる前に帰らな

夕暮れにやさしくながくのびている岬よたまに犬を走らせ

いつも表をこちらへ向けてめぐりゆく月の帆、　あなたをめぐる月の帆

口すぐ水音ひとつひそませて夜というこの扇のかたち

雪に目を瞑れば雪はふれあって降る　パールキャッチピアスを落とす

つめたい切手のように落ちてきて雪はあなたの頬っぺたの上

運命の髪短くてかるがるとイラクサを焼く火を越えてゆく

風葬

月の夜のすてきなペーパードライバー　八重歯きらきらさせて笑って

手でつくるピストルで撃つまねをした魚群のように沈む桜を

甘海老が口に甘くてほのぼのと灯れり春のうす暗き穴

雛罌粟がかすかにものを言うようなたそがれ時を母と歩めり

消音のテレビの中にちらちらと雪は字幕に混じりつつ降る

蛤はおのれを舟に乗せたまま光の下《もと》に死にたり四月

前髪をしんと切りそろえる鋏なつかしいこれは雪の気配だ

首をかしげたあなたに春の螺子が降りそのまま春に連れていかれる

落花生実るまぼろし

ふつうって言えばはかない桃の花きみと普通の春をすごせり

あばれ馬　春の野原に膝ついて涙がにじんでくるのを待った

さらさらと舌のかたちの葉を垂らす夜の夾竹桃を怖れる

落花生実るまぼろし実らないまぼろし両方あなたに話す

手鏡を誰かにあずけたままで来て春の水辺は明るむばかり

白い帆のように三月、君はまた何かを言いまちがえて微笑む
大陸は海の上にてこの春を眠る李の花など載せて

春の王位とその空位

スプーンを追って光が落ちてゆく桜さわだつ夕べの河へ

君の語尾とわたしの語頭が魚《うお》のごとぶつかってはつか帯電をせり

夕ぐれの菜の花畑にうろたえて春はひとつの遅れたる舟

藤色の切符が指をすり抜ける昼の蛍のこと言いかけて

傘を巻く　すなわち傘の身は痩せて異界にひらくひるがおの花

日の入りに白木蓮《はくれん》を見き人の眉ほどにほの暗かりし白木蓮

円環を閉ざすしずかな力満つガラスケースの中の王冠

昼に眼のようなものあり見られつつ道の端まで雪捨てに行く

すぐに死ぬ星と思って五百円硬貨をいくつもいくつも使う

夢のなかの河まで父に逢いにゆく薄いつくりの時計をつけて

半夏生の群生にわれは見ていたり君の見たたましいの林立

草むらを鳴らして風がこの夜に無数の0を書き足してゆく

空に鋲きらめくような昼を生きて幾度でも言葉をひるがえす

まぼろしの競泳

炎、と小さく言えば息ばかり漏れてあなたに聞きかえされる

くらやみに向かって舌を垂れている暗き標識として私は

空の見える場所でしずかに手をつなぐラザロの二度目の死ののちの空

外したらそのまま花になるような手袋をして花を見に行く

ウエハース一枚くわえ待っているこのベランダに春が来るのを

たんぽぽの綿毛を吹いてたましいを寒がらせるのが好きな僕たち

あなたから見えない場所に春は来てお子さまランチの旗ふっている

わたしたちだけに通じる冗談の中まぼろしの競泳つづく

金雀枝のための鋏を

この冬の花梨のような重たさを思う。君の目もとの隈に

沈黙は金というその沈黙をひと夜にて咲きのぼるさるびあ

借りた本きみに返しに行くこんな百花蜜ふっているような午後

さくらは花に昏き銀貨を埋めつつ咲けりあなたを映す銀貨を

花たちはさわだちながら北めざすつま先立ちの桜のこころ

金雀枝のための鋏を待っている千年、それからのちの千年

運命であったとしても火の色で舌のかたちのサルビアを剪る

うつくしい書類をつくる手をしてた冬の神様　そして三月

口に含めば花より苦い春先の雷だろう鳴っているのは

弔旗といえど

春よお前　頭にかすんだ空載せて大きな身体で悲しむお前

その問いにうなずけばもう白木蓮《はくれん》で夕闇にぽうと灯ってしまう

六面を紙につつまれ冬の部屋に届くバターのほのあかるさよ

切りたての紙の匂いをさせているそれを六花《りっか》と呼べばしずかだ

雪のあとの光はことにつめたくて撃たれたようにひらく白梅

弔旗といえど光に洗われる午後にあなたは顔を上げているのだ

西口へ行くバスを待つ硝子より寒くかがやく意志を掲げて

暁を雲雀のように落ちながら

暁を雲雀のように落ちながら正夢も逆夢も好きだよ

薄緑のまぼろしを着て立っていたはつなつ市営プールのほとり

この世というさびしい視野のひろがりをひえびえとして牛乳ながれ

砂糖湿らせるのもまた雨の愛ゆうべの雨を聴きつつ眠る

雨の夜の馬体のように一日は過去へむかって運ばれてゆく

その胸につめたい蝶を貼りつけて人は死ぬ　海鳴りが聞こえる

平泳ぎしながらひとを振りかえる存在はみな火として眠れ

君よその火を

鶏頭がひとつの意志を顕たしめて君よその火を見せてくれるか

日ざかりを喝采のごと寄せてくるものを拒めり白百合抱いて

遠雷とひとが思想に死ねないということと海が暮れてゆくこと

さるびあがみな小さく口開けていてこのおそろしい無音の昼よ

目を閉じたまま顔を上げ月光と呼ばれる冷たい花粉を浴びる

靴という二艘の舟にひとつずつ足を沈めて死までを行かな

ひぐらしが見えない炎呼びよせる輪《まわ》れ炎よ僕のまわりを

夕立に濡れたる僕がうしろから襲う黄金《こがね》の首のひまわり

いくらでも雪を殺せる右手

七月の朝が来てるよ船ひとつ塗りかえられるほどの青さで

北へゆく鳥と思っていたものが手としてシャツの襟を直した

たましいを紙飛行機にして見せてその一度きりの加速を見せて

眩しすぎるものを堪《こら》える友だちのブリッジ、夏の果てのブリッジ

欄干にもたれて君の煙草の火見ている海の日イブの夕暮れ

わたしたち夜の野原を越えてくる雷の声で話すのが好き

丈のみじかい夢をはおって陸橋の上へあなたの手品見にゆく

夜をください　そうでなければ永遠に冷たい洗濯物をください

神を信じずましてあなたを信じずにいくらでも雪を殺せる右手

吹き抜けの建物を愛するように七月きみを愛しているよ

髪を洗えば髪のかたちに燃えあがる星座あしたの青空に見ゆ

遠くの敵や硝子を

呼んでみて　檸檬の実ほど膨らんであなたに答えてくれるのが夜

冬も春も白鳥の首のようなものまた手袋をなくしてしまう

鳥に生まれた私とそうでない私喉すきとおるまでに呼びあう

鋏というはばたくだけの魂にはつか傷つけられて指《おゆび》は

十月に眼があるのなら奥二重その眼のなかに鶫《つぐみ》があそぶ

人の死を告げる葉書にまぼろしの裏面ありて宛先の銀

感覚のひとつふたつは秋の星あなたの腕に時計つめたい

フリースに雪くっつけたままでいる　さよなら　星の匂いと思う

地下鉄のホームに風を浴びながら遠くの敵や硝子を愛す

君に

夕映えを言葉にするのは惨いこと冬の酢豚はつやつやとして

白木蓮《はくれん》の花に囲まれてるような黙《もだ》の中なる君の倒立

僕のいない春の話が好きだったガラスでできた駅舎のようで

さくらばな海へこぼれる安易さで見せてあなたの冷たいところ

旗を焼く火は花を焼くそれよりもやさしいね父と花野まで行く

声絶えて降る雪きみは微笑んで動物園の尊さを言う

藤を売る仕事があれば夕闇に売るだろうあなたにひと房を

死にいそぐ雪虫たちを見てきた目きみの目は夜の窓のようだよ

君は夜に君の煙草は銀紙に包まれ眠るはかない冬を

夜の底には精製糖が溜まるから見ていよう　目を閉じても見える

雪を嗅ぐ犬の真顔がうつくしい芯まで冬の空冷えており

風の日の父を思って五メートル聖書を頭に載せて歩いた

残雪の野にひるがえす一枚の信号旗だれのものにもなるな

菫を青いと思ったことのない心かかげて渡るあかときの橋

もう行くよ　弔旗とキリン愛しあう昼の光に君を残して

あとがき

これは私の第二歌集です。二〇一四年七月から、二〇一八年三月までに作った歌のうち、二九一首を集めました。歌の並びと制作順は、それほど一致しません。タイトルは、幼い頃におそらくは家族の誰かが口にしているのを聞いて知った、「遠くの敵は近くの味方より愛しやすい」という言葉からとりました。短歌を通じて私に関わってくださった皆さま、とくにこの歌集の制作にお力添えをいただいた皆さまに、深くお礼を申し上げます。

人と関わることは本質的に暴力で、勇気とは愚かさと暴力の謂ではないかと思うときがあります。けれど、私は勇気の人でありたい。私のささやかな勇気が、偶然、あなたの心を照らせたなら、こんなにうれしいことはありません。読んでくださって、ありがとうございました。

二〇一八年九月　　服部真里子

■著者略歴

服部 真里子（はっとり・まりこ）

一九八七年横浜生まれ。早稲田短歌会、同人誌「町」の結成と解散を経て、未来短歌会に所属。第二十四回歌壇賞受賞。第一歌集『行け広野へと』（二〇一四年、本阿弥書店）にて、第二十一回日本歌人クラブ新人賞、第五十九回現代歌人協会賞。

「現代歌人シリーズ」ホームページ　http://www.shintanka.com/gendai

現代歌人シリーズ24

遠くの敵や硝子を

二〇一八年十月十七日　第一刷発行
二〇二四年二月十六日　第二刷発行

著　者　服部真里子
発行者　池田雪
発行所　株式会社　書肆侃侃房（しょしかんかんぼう）
〒八一〇・〇〇四一
福岡市中央区大名二・八・十八・五〇一
TEL：〇九二・七三五・二八〇二
FAX：〇九二・七三五・二七九二
http://www.kankanbou.com　info@kankanbou.com

編　集　田島安江
DTP　黒木留実
印刷・製本　アロー印刷株式会社

ISBN978-4-86385-337-9　C0092

現代歌人シリーズ

四六判変形／並製

1. 海、悲歌、夏の雫など　千葉 聡　144ページ／本体 1,900 円＋税
2. 耳ふたひら　松村由利子　160ページ／本体 2,000 円＋税
3. 念力ろまん　笹 公人　176ページ／本体 2,100 円＋税
4. モーヴ色のあめふる　佐藤弓生　160ページ／本体 2,000 円＋税
5. ビットとデシベル　フラワーしげる　176ページ／本体 2,100 円＋税
6. 暮れてゆくバッハ　岡井 隆　176ページ（カラー16ページ）／本体 2,200 円＋税
7. 光のひび　駒田晶子　144ページ／本体 1,900 円＋税
8. 昼の夢の終わり　江戸 雪　160ページ／本体 2,000 円＋税
9. 忘却のための試論 Un essai pour l'oubli　吉田隼人　144ページ／本体 1,900 円＋税
10. かわいい海とかわいくない海 end.　瀬戸夏子　144ページ／本体 1,900 円＋税
11. 雨《ふ》る　渡辺松男　176ページ／本体 2,100 円＋税
12. きみを嫌いな奴はクズだよ　木下龍也　144ページ／本体 1,900 円＋税
13. 山椒魚が飛んだ日　光森裕樹　144ページ／本体 1,900 円＋税
14. 世界の終わり／始まり　倉阪鬼一郎　144ページ／本体 1,900 円＋税
15. 恋人不死身説　谷川電話　144ページ／本体 1,900 円＋税
16. 白猫倶楽部　紀野 恵　144ページ／本体 2,000 円＋税
17. 眠れる海　野口あや子　168ページ／本体 2,200 円＋税
18. 去年マリエンバートで　林 和清　144ページ／本体 1,900 円＋税
19. ナイトフライト　伊波真人　144ページ／本体 1,900 円＋税
20. はーはー姫が彼女の王子たちに出逢うまで　雪舟えま　160ページ／本体 2,000 円＋税
21. Confusion　加藤治郎　144ページ／本体 1,800 円＋税
22. カミーユ　大森静佳　144ページ／本体 2,000 円＋税
23. としごのおやこ　今橋 愛　176ページ／本体 2,100 円＋税
24. 遠くの敵や硝子を　服部真里子　176ページ／本体 2,100 円＋税
25. 世界樹の素描　吉岡太朗　144ページ／本体 1,900 円＋税
26. 石蓮花　吉川宏志　144ページ／本体 2,000 円＋税
27. たやすみなさい　岡野大嗣　144ページ／本体 2,000 円＋税
28. 禽眼圖　楠誓英　160ページ／本体 2,000 円＋税
29. リリカル・アンドロイド　荻原裕幸　144ページ／本体 2,000 円＋税
30. 自由　大口玲子　168ページ／本体 2,400 円＋税
31. ひかりの針がうたふ　黒瀬珂瀾　144ページ／本体 2,000 円＋税
32. バックヤード　魚村晋太郎　176ページ／本体 2,200 円＋税
33. 青い舌　山崎聡子　160ページ／本体 2,100 円＋税
34. 寂しさでしか殺せない最強のうさぎ　山田航　144ページ／本体 2,000 円＋税
35. memorabilia/drift　中島裕介　160ページ／本体 2,100 円＋税
36. ハビタブルゾーン　大塚寅彦　144ページ／本体 2,000 円＋税
37. 初恋　染野太朗　160ページ／本体 2,200 円＋税

以下続刊